AF337645

LA PRIERE

UNIVERSELLE,

Traduite de l'Anglois de Mr. POPE,

Par l'Auteur du Discours prononcé le 10
Mars à l'Académie Françoise.

———

. . . . Adeò indulgent sibi latiùs ipsi.
Juvnt. Sat. 14.

———

Édition conforme à celle qui a paru en 1740.
sous le nom de Londres chez Paul
Vaillant, in 4°.

1760.

AVERTISSEMENT.

J'Ai eû bien de la peine, *dit le Provincial de Paschal*, à trouver un Escobar, je ne fai ce qui est arrivé depuis peu qui fait que tout le monde le cherche. *La traduction de la Priere universelle de Pope, par Mr. L. F. vient d'éprouver un fort femblable à celui de l'ouvrage du Théologien Jéfuite ; un homme célebre a dit un mot, & la Priere du Déiste est fortie de l'obfcurité où elle étoit enfévelie. Elle étoit devenue rare quoiqu'on en eût vendu fort peu, parce que l'Auteur par modeftie ou pour quelque autre raifon en avoit racheté un grand nombre d'exemplaires, & elle est recherchée aujourd'hui, parce que les ouvrages de Mr. L. F. ont acquis beaucoup de célebrité depuis fon Difcours à l'Academie.*

Nous avons donc penfé que le public recevroit avec plaifir une nouvelle Edition de cette Piece ; les Notes & les critiques que nous y avons joint pouvant fervir pour prémunir les fideles contre les principes de la Philofophie moderne qu'on retrouve dans cette Priere, & que Mr. L. F a fi bien combattus dans fon Difcours, nous efpérons que l'Auteur même nous faura gré de notre zele, & que les perfonnes religieufes trouveront dans nos remarques un grand fujet d'édification.

On nous dira peut-être qu'il feroit plus sûr pour le bien de la Religion, de ne point répandre un ouvrage libre que de l'imprimer même en le critiquant. A cela nous répondrons que fi cette traduction étoit auffi belle que l'original, fi elle étoit de la main de quelques uns de nos grands

A ij

Maîtres, il seroit à craindre que nos observations, quelques solides qu'elles fussent, ne tinssent pas contre les charmes de la Poësie, & que l'antidote ne fût moins puissant que le poison ; mais nos Lecteurs verront aisément que l'ouvrage que nous leur présentons n'est rien moins que dangereux, & ne leur donnera pas des tentations bien fortes contre la Foi. Si pour l'ordinaire des vers ne sont pas des raisons, de mauvais vers sont encore au dessous des mauvaises raisons.

Nous ne devons pas oublier d'avertir que cet Ouvrage à sa naissance ayant scandalisé beaucoup de personnes, & sur tout un illustre Magistrat, Mr. L. F. en donna dans les Journaux des Savans en Septembre 1741 une rétractation très-ample & très-Chrétienne. Cet Auteur a montré la même docilité en d'autres occasions ; par exemple en 1734 il avoit écrit que Virgile étoit un mauvais modele pour les caracteres, dans la Préface de son Édition de 1753, il dit que cette expression qu'il avoit employée est dure & ne convenoit point à son âge ni à son peu d'expérience, & il ajoute : je la retracte aujourd'hui par respect pour Virgile, en pensant toujours de même par respect pour la vérité.

LA PRIERE
UNIVERSELLE.
DEO OPTIMO, MAXIMO.

1. O Toi que la raiſon, que l'inſtinct même adore?
  Souverain Maître & Créateur
  De tout l'Univers qui t'implore,
  Jehovah, Jupiter, Seigneur.

NOTES.

Le titre ſeul de cette Piece annonce l'irréligion, puiſque le mot *univerſelle* ſignifie que tout homme peut adreſſer cette Priere à Dieu, quelque Religion qu'il profeſſe. Si dès 1740. Mr. L. F. eût été lié étroitement comme il l'eſt aujourd'hui avec le pieux Auteur de l'*Apologie de la St. Barthélemy*, il auroit bien compris que ſi nous ne pouvons pas prier Dieu avec des Chrétiens hétérodoxes dans le même Royaume, à plus forte raiſon ne pouvons-nous pas employer avec les Turcs & les Guebres la même formule de Priere.

Au reſte toute cette ſtrophe ne reſſemble que par le dernier vers à l'original. Voici la traduction littérale : *Pere de tout, adoré dans tous les âges, dans tous les climats, par le Saint, par le Sauvage, par le Philoſophe, Jehovah, Jupiter ou Dieu.*

Il n'y a point là d'*inſtinct qui adore*, on n'y trouve point cette expreſſion ſi foible & ſi commune de *l'Univers qui t'implore*. On voit combien cette prétendue traduction eſt au-deſſous de l'original.

PRIERE UNIVERSELLE.

II. Source, cauſe premiere, Etre in intelligible,
  Que je ſuis borné devant toi !
  Ta bonté ſeule m'eſt viſible,
  Le reſte eſt un cahos pour moi.

NOTES.

Ce mot *inintelligible* renferme beaucoup de venin ; on dit d'une chose obscure & respectable, des Mysteres de la Religion par exemple, qu'ils sont *incompréhensibles*, mais un homme religieux ne dira point qu'ils sont *inintelligibles*. On dit avec vérité des systêmes des Athées qu'ils sont *inintelligibles*, & on les traiteroit trop favorablement en disant qu'ils sont *incompréhensibles :* même dans l'usage ordinaire, ces deux mots ne sont pas synonimes, par exemple, la hardiesse de Mr. L. F. à insulter les Gens de Lettres & l'Académie est *incompréhensible*, mais elle n'est pas *inintelligible*. Il est d'autant plus difficile d'excuser l'emploi que le Traducteur a fait ici de ce mot, qu'*incompréhensible* qui étoit le mot propre faisoit également le vers, & étoit beaucoup plus conforme à l'original *least understood*, *si peu compris*.

Dans le reste de la strophe la traduction présente encore des idées plus libres que celles de l'original.

Pope dit : *ô Dieu qui as borné toute mon intelligence à savoir que tu es bon, & que je suis aveugle.* Et Mr. L. F. lui fait dire,

> Ta bonté seule m'est visible,
> Le reste est un cahos pour moi.

Ce mot de *reste* est fort indécent. Ce reste renferme beaucoup de choses respectables que le Traducteur traite bien légérement, c'est toute l'œconomie de la Religion, toutes les vérités qu'elle enseigne aux hommes qui seroient ce cahos au dire du Traducteur. Car comme on le voit, Pope ne dit rien de semblable,

PRIERE UNIVERSELLE.

III. Mais le bien & le mal dans cette nuit obscure :
  Dépendent de ma volonté,
  Et tu gouvernes la Nature,
  Sans enchaîner ma liberté.
IV. N'écoutons seulement que notre conscience,
  Elle nous rend le bien plus cher *
  Que le Ciel qui le récompense,
  Le mal plus affreux que l'Enfer.

* Note du Traducteur.

C'est le sens presque littéral de l'Anglois. Mais n'est-ce point exiger trop de perfection dans les sentiments de l'homme ? Le Traducteur avoit cru d'abord pouvoir modifier ainsi cette pensée :

  Ma conscience est libre & ce guide sévere
    Ne régle pas mes sentimens ;
    Par le défir seul du salaire,
    Ni par la crainte des tourmens.

Les personnes éclairées & particuliérement les Anglois qu'on a consultés sur cet ouvrage, ont donné la préférence à la traduction exacte.

NOTES.

Toute critique littéraire seroit superflue sur des vers qui sont fort au-dessous du médiocre,
  N'écoutons *seulement* que notre conscience,
    Que le Ciel qui le récompense.

Cette derniere expression est impropre & équivoque, Le Ciel qui récompense le bien, signifie plutôt le Ciel rénumérateur du bien, que le Ciel qui est la récompense des bonnes actions. Or c'est ce dernier sens qui est celui de Pope.

PRIERE UNIVERSELLE.

V. Empêche que mon cœur de tes dons efficaces
  Ne rejette les heureux fruits ;
  Recevoir c'est payer tes graces,
  Je t'obéis quand je jouis.

NOTES.

Il n'y a aucune espece de Religion qui ait cru que recevoir les graces de Dieu, c'est les payer. Toutes ont établi un culte extérieur pour être l'expression de la reconnoissance envers l'Être suprême. Au reste, en retractant cette maxime qui est une des plus libres de la Priere universelle, il paroît que Mr. L. F. s'étoit reservé le droit de se conduire vis-à-vis de l'Académie Françoise, comme le Déiste de Pope envers Dieu. S'il n'a point fait de remerciment, c'est qu'il a cru sans doute qu'en recevant la grace que lui faisoit l'Académie, il l'avoit payée. Mr. L. F. tient encore un peu aux erreurs de sa jeunesse.

PRIERE UNIVERSELLE.

VI. Mais cessons de penser qu'imperceptible atôme
    Notre Terre borne ta Loi;
    N'es-tu Souverain que de l'homme?
    Tant d'autres Mondes sont à toi,

NOTES.

Mais cessons de penser, ces mots sembleroient indiquer que l'Auteur a dit précédemment quelquelque chose dont il va se retracter, mais ils ne sont là que comme beaucoup d'autres dans cette piece que pour tenir lieu d'un certain nombre de syllabes; quand un Poëte médiocre a besoin de ces sortes de chevilles, il devroit du moins tâcher qu'elles ne fussent qu'inutiles, & qu'elles ne fissent pas un sens faux. Je ne parle pas de la rime d'*atôme* avec *homme*, mais le Traducteur prête encore ici à son original une impiété que Pope n'a pas eu dans l'esprit.

Pope ne parle point de la *Loi*, mais de la *bonté* de Dieu qu'il dit n'être pas bornée à la terre, littéralement, *que je ne resserre pas ta*

*bonté dans les bornes étroites de ce globe. Que
je ne te croye pas le Dieu de l'homme seul,
tandis que mille mondes m'environnent :* Le Traducteur lui fait dire *que la terre ne borne pas la
Loi de Dieu.* Or, comme la Religion Chrétienne n'est certainement faite que pour notre globe ; si l'on ne doit pas penser *que notre terre borne la Loi de Dieu*, on en peut conclure que la
Religion Chrétienne n'est pas la Loi de Dieu.
Il n'y a d'autre moyen d'excuser Mr. L. F. que
de dire qu'il a mis *Loi* à la place de *bonté*,
parce que *bonté* ne rime pas avec *toi*, mais
c'est là justifier la Religion du Traducteur aux
dépens de ses talens pour la Poésie, & quelque réconciliation qui se soit faite entre son esprit & sa dévotion, on peut craindre que l'apologie ne soit pas de son goût.

PRIERE UNIVERSELLE.

VII. Faut-il qu'un vil mortel ose venger Dieu même,
    Que tes foudres lui soient remis,
    Et qu'il prononce l'anathême
    Sur ceux qu'il croit tes ennemis.

NOTES.

Nous ne pouvons rien ajouter à la remarque
de Mr. de Silhouette sur cet endroit, dans les
mélanges de littérature que nous avons de lui ;
il a fait voir que le Traducteur a envenimé la
pensée de l'Auteur Anglois : que dans l'original
c'est de lui-même que le Déiste parle, en disant
que sa main ne doit pas présumer de lancer la
foudre, au lieu que dans la traduction le Déiste
s'éleve en général contre ceux qui prétendent
prononcer l'anathême sur d'autres hommes, ce
qui indiquant manifestement les Ministres de la
Religion, devient hardi & scandaleux. Nous

renvoyons nos Lecteurs à l'ouvrage même que nous citons, pour ne pas répéter inutilement ce qu'on peut trouver ailleurs.

PRIERE UNIVERSELLE.

VIII. Si je marche avec toi, fais-moi la grace entiere
De te suivre jusqu'à la fin ;
Si je m'égare, ta lumiere
Doit me conduire au bon chemin.
IX. Quelques biens qu'à mon cœur ta sagesse dénie,
Ou que m'accorde ta bonté,
Sauve-moi du murmure impie
Et de la folle vanité.

NOTES.

Ce ne font pas là des vers, ce n'est pas là l'élégance, l'harmonie, les images, la sublimité de Pope. C'est un Ecolier qui se traine languissamment sur la trace d'un grand homme & qui bronche à chaque pas, qui lutte sans cesse contre les difficultés & qui ne les surmonte pas, qui croit avoir fait des vers lorsqu'il a compassé laborieusement un certain nombre de syllabes, & placé quelques rimes à leur suite. *Sauve-moi du murmure impie* signifie en françois, ne *permets pas que je fois l'objet du murmure*, au lieu que Pope a dit & son Traducteur a voulu dire : ne *permets pas que je murmure*. Au reste ces deux strophes font très-religieuses. C'est une Priere qui fied dans la bouche d'un Chrétien même. Mr. L. F. lui-même avoit plus de raison qu'un autre, de demander cette grace à Dieu. *Sauvez-moi*, devoit-il dire, *de la folle vanité*, car c'est un grand péché & un grand ridicule.

PRIERE UNIVERSELLE.

X. Fais que de mon prochain je plaigne les souffrances,
Toujours lent à le condamner ;
Et pardonne-moi mes offenses,
Pour mieux m'apprendre à pardonner.

N O T E S.

Cette strophe ne renferme comme les précé-
dentes que des sentimens pieux & humains, &
nous pouvons dire des instructions que Mr. L. F.
à bien perdue de vue. A entendre les anathêmes
qu'il prononce & les accusations qu'il intente dans
son Discours à beaucoup de personnes, on seroit
tenté de croire qu'il a regardé comme une des
propositions irréligieuses de Pope cette belle maxime, qu'*il faut être lent à comdamner*; il devoit
cependant penser que c'est un précepte de l'Evan-
gile : ne jugez point, & vous ne serez point jugé,
ne condamnez point & vous ne serez point con-
damné. Luc. ch. 6. x. 33.

PRIERE UNIVERSELLE.

XI. Tout retrace aux mortels le néant de leur être;
   Mais ils sont l'œuvre de tes mains :
   Sois leur guide autant que leur maître,
   Jusqu'au terme de leurs destins.

NOTES.

Tout retrace aux mortels le néant de leur être.
Rien n'est si vrai que cette maxime. Au milieu
des richesses, de la réputation, de la faveur, ce
néant se fait sentir. Un homme qui se croyoit heureux peut voir en un instant une fausse démarche
& le concours de quelques circonstances troubler
tout le bonheur de sa vie. Un homme qui jouissoit
de quelque considération peut la voir s'éclipser en
un jour; alors seulement on rentre en soi-même,
on reconnoît son néant & on s'écrie, *vanités des
vanités.* Nos Lecteurs nous pardonneront cette
petite digression morale. Revenons à Mr. L. F.

PRIERE UNIVERSELLE.

XII. Que le pain, que la paix soit ici mon partage,
   J'attends que ton auguste choix
   Des autres biens fixe l'usage;
   Tes volontés feront mes Loix.

N O T E S.

Que le pain & la paix, dit Pope, *soient mon partages ; quant à tout autre bien, tu fais s'il vaut mieux me l'accorder ou me le refuser, que ta volonté soit faite*, on n'exprime pas cette pensée en François, en disant à Dieu, *des autres biens fixe l'usage*.

P R I E R E U N I V E R S E L L E.

XIII. Ton Temple est en tous lieux, tu remplis la Nature,
Tout l'Univers est ton Autel ;
Rien ne vit, n'existe, ne dure,
Qui ne t'offre un culte éternel.

N O T E S.

Cette derniere strophe qui est une des plus sublimes de l'original, est une de celles que le Traducteur a le plus misérablement défigurée. La traduction littérale suffit pour faire sentir la platitude & l'infidélité de celle de Mr. L. F. *L'immensité*, dit Pope, *est ton Temple, la Terre, la Mer & les Cieux font ton Autel, que tous les êtres forment un chœur de louanges à ta gloire & que de toutes les parties de la nature l'encens s'éleve vers toi.*

Ici l'Auteur a encore rendu son original irréligieux sans nécessité. Pope dit que l'*immensité est le Temple de Dieu*, idée grande & sublime qui n'a rien d'opposé à la Religion, & le Traducteur avec l'expression *en tous lieux* rabaisse la pensée des Lecteurs à la terre, & leur donne à entendre que les Temples construits par la main des hommes ne font pas meilleurs pour honorer Dieu les uns que les autres, ni les Eglises que les autres *lieux*. On peut croire même que depuis sa conversion il a conservé encore quelque attachement à cette erreur ; car il faut bien qu'il ait cru que le

Temple de Dieu eſt par tout & qu'il ait regardé l'Académie comme une Egliſe, puiſqu'il y a fait un ſi grand Sermon.

Comme tout le monde n'a pas entre les mains le Journal des Savans où ſe trouve la rétractation de Mr. L. F. dont il eſt fait mention ci-deſſus dans l'Avertiſſement, nous croyons que nos Lecteurs ſeront bien aiſes de trouver ici un petit extrait de cette Piéce, que nous accompagnerons de quelques réflexions. Voici en peu de mots l'apologie de Mr. L. F.

1°. Il avoit traduit la Priere du Déiſte parce que *certains Anglois avec leſquels il étoit dans une aſſez étroite liaiſon l'en avoient défié.*

2°. *Emporté par la chaleur du travail, il ne jugea de ſang froid de ſa traduction que long-temps après qu'elle fut faite.*

3°. *Il eut l'imprudence de livrer ſa traduction à ces Anglois.*

4°. *Lorſqu'il reprit le ſang froid que la chaleur de la traduction lui avoit ôté, & qu'il jugea que ſon ouvrage pouvoit être ſcandaleux, il voulut retirer la copie.*

5°. *Il n'étoit plus temps, les Anglois avec qui il étoit étroitement lié étoient déja retournés à Londres, ſans qu'il en eût rien ſû.*

6°. *Il leur écrivit pour les conjurer de ne la point divulguer.*

7°. *Ils le lui promirent.*

8°. *Alors il oublia totalement la Priere & la traduction; mais un Imprimeur Anglois n'y penſa que trop pour lui.*

A toute cette Hiſtoire Mr. L. F. ajoûte que ce *ſeroit le lieu de réfuter les propoſitions condamna- bles de la Priere univerſelle, mais que ce qui eſt viſible n'a pas beſoin d'être démontré; qu'il les*

14

defavoüe, quoiqu'elles ne foient pas de lui, &
qu'il les retracteroit, s'il avoit eu le malheur de
les penfer un feul inftant; qu'elles font fans doute
échappées par enthoufiafme à Mr. Pope, fi re-
commendable par fes talens & qui a le courage
de profeffer la Religion Catholique au milieu de
Londres ; que les paradoxes infenfés & les fyftê-
mes inconféquens d'une malheureufe Philofophie
deshonorent les talens devant les hommes, & les
rendent criminels devant Dieu . . . que la Poéfie
ne doit point être le langage de l'irréligion; que
fi elle a rempli fes loifirs, il a du moins l'avan-
tage affez rare de ne l'avoir jamais avilie par rien
de contraire aux bonnes mœurs &c. & qu'il eft
avec refpect, &c.

Nous nous permettrons ici quelques réflexions.

1°. Il paroit que le défi de ces Anglois étoit
de leur part un piége tendu pour furprendre la
religion de Mr. L. F. & nous nous étonnons moins
de la haine que l'Auteur du Difcours temoigne
contre les Philofophes Anglois, après en avoir
éprouvé une auffi noire trahifon. Nous conjectu-
rons qu'on l'aura auffi défié de faire un Difcours
malhonnête à l'Académie & nous l'exhortons à
ne pas accepter déformais de femblables défis.

2°. Mr. L. F. emporté par la chaleur du travail n'avoit pas fenti le venin de la Priere de Pope
dans une traduction longue & laborieufe, il n'a
entendu l'original & fa traduction que quelque
temps après l'avoir faite; cet Ecrivain doit être
un volcan lorfqu'il compofe de tête, puifqu'il eft
fi chaud lorfqu'il traduit. Ceci peut faire com-
prendre comment il a mis tant d'emportement
dans un Difcours qu'il a fait attendre pendant
plus de fix mois à l'Académie. Si jamais il eft reçu
dans quelque Société Littéraire, on lui confeille

d'achever fon Difcours trois ou quatre ans avant fa réception ; dans cet intervalle il profitera des momens de fang froid qu'il a quelquefois, pour retrancher de fa Harangue les chofes qui pourroient être infultantes pour fes confreres & révoltantes pour le public.

3°. Mr. L. F. avoit là d'étranges amis, ils lui promettent que la traduction ne paroîtra pas, & ils la confient à un Imprimeur ; c'eft fans doute ce qui lui fait dire que les Anglois n'ont point *La Philofophie naturelle du droit des gens*, & il faut convenir que fi Mr. L. F. n'a jamais fouffert des violences & des injuftices de leurs gens de guerre : il a bien à fe plaindre de leurs Philofophes & fur tout de la perfidie de leurs Imprimeurs.

4°. Il nous paroit que Mr. L. F. juge Pope bien favorablement, lorfqu'il dit que les propofitions condamnables de la Priere univerfelle lui font échappées dans l'enthoufiafme. Mais pourquoi l'enthoufiafme qui excufe Pope & fon Traducteur ne pourroit-il pas excufer auffi quelques-uns de ceux que Mr. L. F. traite fi durement dans fon Difcours ? Croit-il être le feul en France qui foit emporté par la chaleur du moment, & à qui l'on puiffe pardonner les fougues de l'efprit & du génie ? il y a peu d'ouvrages brûlables qui ne foient plus chauds que la traduction de la Priere univerfelle.

5°. Mr. L. F. loue Pope du courage qu'il a eu de profeffer la Religion Catholique au milieu de Londres, fur quoi nous ferons ce raifonnement : ou l'Auteur de la Priere univerfelle étoit aux yeux de Mr. L. F. un Catholique bien convaincu, ou il le regardoit comme un homme penfant librement, laiffant appercevoir fon irréligion dans les écrits & rempliffant cependant les dévoirs extérieurs de la Réligion.

Dans le premier cas, on eft en droit d'exiger de Mr. L. F qu'il ne juge pas plus rigoureufement ceux des *Philofophes modernes* qui n'ont rien écrit de plus libre que l'Effai fur l'homme & la Priere univerfelle.

Dans le fecond cas, on lui repréfentera qu'en louant Pope incrédule & rempliffant quelques dévoirs extérieurs de la Religion, il fait penfer que c'eft un zele joué qui lui fait decrier avec tant de violence ceux qu'il accufe en France de la même diffimulation, puifqu'aux yeux d'un homme vraiment religieux cette diffimulation eft auffi criminelle en Angleterre qu'en France.

6°. Quoique nous regardions comme fuffifante la juftification de Mr. L F. contre le reproche d'irréligion qui lui a été intenté à l'occafion de la Priere univerfelle, nous ne pouvons pas oublier de faire remarquer à nos Lecteurs qu'on n'y trouve pas les mots décififs de Religion révélée & de révélation que l'Auteur du Difcours donne comme la marque diftinctive des juftifications non équivoques en cette matiere ; mais on traiteroit trop féverement Mr. L. F. fi on le jugeoit d'après fes propres maximes.

C O N C L U S I O N.

Il fuit de tout ce qu'on vient de lire que l'Auteur du Difcours prononcé à l'Académie Françoife le 10 Mars 1760 avoit traduit & envenimé en 1740 la **Priere du Déifte** compofée par Pope. C. Q. F. D.